वो शख़्स अजनबी था

पुनम सिंह

इस पुस्तक का तालुकात एक अजनबी शख़्स से है। जिसके ऊपर मैंने इस कहानी की रचना की है। उस शख़्स का नाम अभिमन्यु पंडित(अबु) हैं। दिखने में मासूम सा लगता है। ऊपर वाले ने बेहतरीन आंखें और अदाओं से नवाजा है।

वो शख़्स अजनबी से बड़े सलीके से पेश आता है । जाने अनजाने एक मुलाकात हुई। हसीन इत्तेफाक है की, दोस्ती की भी शुरुवात हो चली। हमनें कुछ पल दोस्ती का साथ मिलकर गुज़ारा। इस कहानी का माध्यम भी वहीं साथ बिताए कुछ पल हैं। वो लम्हा मेरी ज़िंदगी का हसीन लम्हा रहा। अच्छे लोग मिले अच्छी दोस्ती हुई। इन सबके लिए मैं उस अजनबी को तहे दिल से शुक्रिया करती हूं। ईश्वर से दुआ करूंगी की इस कहानी के मुकंबल होने के बाद भी ये दोस्ती सलामत रहें।

क्रम-सूची

प्रस्तावना

इस पुस्तक के माध्यम से आप सभी के समक्ष एक अजनबी के मुलाकात से लेकर दोस्ती के सफ़र तक का जिक्र किया गया है।

ये कहानी विशेष रूप से मेरे दिल के क़रीब है। इस पुस्तक में मैंने उस अजनबी के मुलाकात की अजीब दस्ता को प्रस्तुत करने की कोशिश की है।

यकीनन इसमें प्यार ,की झलक दिखेंगी आपको, मगर एक मशवरा है इस पुस्तक को पढ़ने से पहले ज़रूर जाने की " हर वो नजर जो प्यार से आपकी तरफ़ उठती है वो हरगिस आशिकी नही होती"।

भूमिका

मैं मुख्य रूप से अपनी उस लम्हे का शुक्रिया करूंगी। जिस लम्हे में मुझे "एक अजनबी मिला था । तब मैंने इस कहानी की शुरुआत की थी।और फिर मैं उन सब की भी शुक्रगुजार हूं। जिन्होंने इस कहानी में जान डालने के हेतु, अपना अहम वक्त मेरे साथ गुजारा । जिसका नतीज़ा है की, ये कहानी पूर्णरूप से समाप्त हो हुआ।

एक अजनबी से एक परिवार बनने तक के सफर को और खूबसूरत बनाने में मेरी मदद की है । इनलोगो ने अहम भूमिका निभाई हैं, इसलिए मैं उनलोगो का नाम भी शामिल करना चाहूंगी।

१ अभिमन्यु

२अभिषेक

३ हर्षिता

४ सेजल

५ अभिषेक जग्गी

६ तृप्ति

इसमें मैं "पूनम" ख़ुद भी शामिल हूं।

तहे दिल से शुक्रिया अदा करना चाहूंगी आप सभी का दोस्तों।

अतंत इस पुस्तक के सांचे को बेहतरीन रूप देने के लिए मैं आपने एक और सहयोगी आशीष उर्फ़ (शैंकी) का तहे दिल से आभार व्यक्त करती हूं।

आमुख

यह कहानी हिंदी भाषा में लिखी गई है । मुख्य रूप से इस कहानी में प्रेम भाव का प्रदर्शन किया गया है । जिसके माध्यम से प्रेम को एक अलग अंदाज को प्रस्तुत किया गया है। मुख्य रूप से प्रेम का हो जाना या फिर प्रेम में खुद को विलेन रखना । यह दो अलग-अलग बातें हैं । ईश्वर के प्रेम में भी यह दिखाया गया है , कि प्रेम एक तरफा नहीं होता । कदाचित मां सीता और श्री राम की प्रेम कहानी हो या फिर शिव और पार्वती की कहानी या फिर कृष्ण और राधा की प्रेम कहानी हो। इन सब में एक चीज सामान्य थी। वो था दो तरफा अटूट प्रेम। प्रेम का अर्थ केवल पास होने से नहीं है । अर्थात दूरियां बढ़ने से प्रेम का कम हो जाना प्रेम नहीं हो सकता चुकीं यह कलयुग है। प्रेम का महत्व भावनाओं से कम तुम तो स्वार्थ से जायदा होता है ।

1

वो शख़्स अजनबी था

ये शाम बड़ी सुहानी है,
ये रात बड़ी मतवाली है।
देखो इश्क के फकीरों को,
इनकी आंखों में कितना पानी है।
एक तस्वीर जो सामने आ गया,
देखा जो उसे तो नशा छा गया।
इश्क ना होगा दोबारा,
ये दिल सब जाने हैं।
मगर दिल लगी और टूट गए,
तो फर्श पर बिखर जाने है।
कोई दूजा जोड़ भी गया तो,
ये निशा ताउम्र रह जाने है।"
हम किसी को चाहे बेपनाह और वह मुकर जाए
भला हम इश्क ही क्यों करें
हम करें वफा और वह बेवफा कह जाए
भला हम इश्क ही क्यों करें
हम फिर से टूट जाएं और जुड़ ही ना पाए
भला हम इश्क ही क्यों करें
फिर से बिखर जाए और सबर भी ना पाए

भला हम इश्क ही क्यों करें

तो फिर चलो इश्क की बात नहीं करते हैं बस इसके एहसास को जीते हैं
मगर आप सोचेंगे वो कैसे मैं बताती हूं कैसे?

वो शख़्स अजनबी था

मैं पूनम सिंह इस इश्क के एहसास को जीने के लिए मेरे द्वारा रचित यह
काव्य प्रसंग आपको पढ़ना होगा जिसका शीर्षक है (वो शख़्स अजनबी
था) यह कहानी एक तरफा मोहब्बत के एहसास की व्याख्या करता है ।
जहां आपको इश्क में खुद को संभालना भी सिखाता है । और कभी कभी
इश्क में संवरना भी । तो फिर पढ़ेंगे ना, आप मेरी एक कहानी, प्यारी सी
कहानी, मुझे यकीन है आप इसे पढ़ते वक्त जरूर मुस्कुरा रहे होंगे।
        जिंदगी की खुशियों से मैं निराश बहुत हूं।
आशा रखना छोड़ दिया मैंने लोगों से ना कमी थी पर अपना एक नया
आशियाना बनाया था। यह कुछ जून-जुलाई का महा चल रहा था।
एक ऐसा महीना जहां लोग तपती धूप से बेहाल हो जाते हैं । काम-धाम
छोड़ कर आराम ढूंढने निकलते हैं। मगर मेरे साथ यह नहीं था। मेरी
दिनचर्या औरों से थोड़ी अलग थी। दिन भर अपने कमरे में ही रहना स्टडी
टेबल पर घंटों बीता देना, फिर तंग आकर सो जाना मगर जब तक नींद
आंखों को घेर ना ले स्टडी टेबल से हिलती ना थी, उसी टेबल पर पढ़ना
चित्रकलाए करना और यूं ही बंद कमरे में बैठकर लोगों को समझना
साइकोलॉजी को पढ़ना यही सब करना अच्छा लगता है।
बाकी बचे जो समय थे, पापा के दिखाए सपनों में मारे जाते थे । मुझे
फिर भी उसने कोई शिकायत नहीं है। मगर गुस्सा जरा सा भी करते हैं
तो मैं बेतहाशा रो पड़ती हूं । वो जानते हैं, मैं दिल से काफी भोली और
नाजुक भी हूं। जिसके विपरीत यह संसार छल-कपट से भरा है । इसलिए
हर डांट के बाद आकर मनाया भी करते हैं । और समझाया भी करते हैं,
वह जानते हैं, अपनी बेटी को और वह मानते भी हैं कि, मेरी बेटी को
अभी आसमान की ऊंचाइयों पर जाना है। जहां से वह सितारों की तरह

चमकेगी । मगर वहां तक का सफर आसान नहीं होता । इस सफर में कुछ रिश्ते सच्चे होंगे , कुछ फरिश्ते होंगे, कुछ बेवफा भी मिलेंगे। लोगों के साथ से ज्यादा धोखे मिलेंगे। बस इसलिए मेरे नाजुक दिल को फटकारते रहते हैं । और दिल भर आए कभी तो मेरे पास आकर अक्सर मनाया भी करते हैं।

मगर यह कहानी आज एक तरफा मोहब्बत की है ना । तो चलो इस कहानी को दिल में छुपा लेते हैं । और जो दिल के दूसरी तरफ जो उथल-पुथल मची है, उसे सुलझा लेते हैं । उथल-पुथल वो इश्क की आशिकी की और एक तरफा मोहब्बत की ।

" सुनो यह दिल की गुफ्तगू है" सिर्फ तुमसे कह रही हूं । किसी और से साझा तो नहीं करोगे ना। हां अपनी पढ़ाई ,योगा चित्रकला और काव्य रचित जैसे चीजों से फुर्सत मिलती भी है तो हर शाम घर वालों के नाम हो जाती है ।

मगर वो शाम निराली थी । ऑनलाइन के जमाने में ऑफलाइन से शायद लोग करने लगे थे । शायद मगर अब दूरियों का क्या करें कोई बस मैं भी अक्सर स्टेटस लगाने के बहाने ही इंस्टाग्राम की सैर कर आया करती थी। अब तो ये हर रोज की आदत सी हो गई थी। जिंदगी में चाहे कितनी भी मशरूफियत हो , एक नजर मार ही आती थी।

मगर आज की शाम कुछ ज्यादा ही खास थी, काफी वक्त बीत चुके थे। मगर मैं इंस्टाग्राम की बस एक प्रोफाइल पर जाकर अटकी थी, और शायद काफी देर से अटकी थी । कुछ तो अलग था। वह शख्स की निगाहों में कुछ समुंदर की लहरों सी दिख रही थी। समंदर की तरह शीतल भी स्थिर भी मुस्कुराहट भी और खिलखिलाहट भी मगर वो अजनबी था।

मानों चेहरे से ऐसी आवाज आ रही हो , कि जैसी लड़कियों फिसलना मत मैं संभालने के लिए आपके पास नहीं हूं। और बस उस शाम के न जाने कितने वक्त मेरे अपने कट गया। किसी अजनबी को तकते तकते शायद बहुत वक्त निकल गए , ये काफी देर बाद एहसास हुआ कि मैंने काफी वक्त बिता दिया है , बस एक चेहरे को तकते तकते ।

मैंने सोचा यह कुछ वक्त का ख्याल होगा फिर चला जाएगा छोड़ो ना अपने को तस्वीरें नहीं पढ़नी है क्या पता तस्वीर के अंदर की कहानियां

हमें रुला जाए और अभी एक ही साल तो हुए हैं। खुद को बड़ी मुश्किल से संभाला है। जब यह खयाल आया तो एक सुझाव मिला, दिल तो कहता था बात कर ही ले तू मगर दिमाग ने संभाले रखा।

अब यह वक्त था जब मेरे परीक्षा पूर्ण रूप से समाप्त हो चुके थे। और मैं काफी वक्त सोशल मीडिया पर यूं ही बता देती थी। खाली पहर में अक्सर एक ख्याल अजनबी का होता था। अब तक तो ऐसा लगता था जैसे दिल और दिमाग के जंग में दिल को ही जीत जाने देते हैं। दिमाग ने कहा हम (हार) कर ही खुशियां मना लेते हैं, जो तू कर ही ले बात।

चलो दिल और दिमाग के जंग में दिल ने दिमाग को बना तो लिया है। मगर बात कैसे करूं, बात क्या करूं, यह बहुत बड़ी समस्या थी। फिर क्या था सीआईडी की तरह पूरे दो दिन इंस्टाग्राम की प्रोफाइल की जांच-पड़ताल की और कुछ पता करने की कोशिश की। मगर फिर भी यह पता नहीं कर पाए की इस अजनबी को हिंदी लिखने पढ़ने आती भी है या नहीं।

मगर एक तो चीज मिल ही गई जो हम दोनों में समान थीं। एनसीसी के कैंप की कुछ तस्वीरें अब क्या था बस अब तो एक तीर दो निशान बस वही वाली बात हो गई।

अब तो प्लान तैयार था बस उसे एक्जिक्यूट करना था ताकि बात हो जाए। एक सॉन्ग बैठे-बिठाए मैंने बड़े प्यार से मैसेज किया "हैलो सर" क्या आप मेरी एक मदद करेंगे इतना लिखकर मैंने मैसेज को सेंड कर दिया। फिर दूसरी मैसेज में लिखती हूं, कि आपके कॉलेज में एडमिशन के लिए यह एनसीसी के सर्टिफिकेट्स काम आएंगे। उसी के उपरांत मुझे यह आभास था की मैसेज का जवाब आ भी सकता है। और नहीं भी कुछ भी नहीं कहा जा सकता, तो मुझे अपने दिल को छोटा नहीं करना है।

क्योंकि मैं खुद को बेहतर जानती हूं। मुझे लेट रिप्लाई करने वाले से सख्त नफरत है, और मेरे दोस्त भी ऐसे कोई नहीं जो मुझे भी लेट रिप्लाई करते हैं। मगर मुझे पता है। मैं किसी को भी कभी मैसेज नहीं करते हूं। काम की बातें होते हैं तो मैसेज का रिप्लाई तुरंत आ जाना स्वाभाविक भी है। मगर यहां समस्या जानने वालों के साथ नहीं थी। एक अजनबी से थी। अब भला ना तो अजनबी मुझे जानता था। और

ना मैं उसे जानती थी। रिप्लाई का देर से आना स्वाभाविक था। तो मेरे दिमाग ने भी दिल को समझा दिया कि बुरा नहीं मानना हो सकता है, मैसेज देर से आए या फिर ना आए वह कौन सा मेरे अपने हैं मेरे जानने वाले हैं। आखिर है तो अजनबी ही ना। कुल मिलाकर मैं दिमागी रूप से अपने आप को समझा भी चुकी थी। और संभल भी चुकी थी ,और अगर रिप्लाई नहीं भी आता तो भी मुझे कोई तकलीफ नहीं होती।

मगर ये तो मेरे दिमाग के खयाली पुलाओ थे। जो मैंने इतना सब कुछ सोच लिया मदर किसके विपरीत मुझे मैसेज का रिप्लाई नहीं किया वह 24 घंटे के अंदर मुझे याद मैंने पहली मैसेज 27 मई 2022 को ही करी थी। और उसका जवाब 28 को आया था। आपको क्या लगता है , क्या आया होगा कुछ भी खास नहीं इतने मेहनत का नतीजा मात्र "यस" कह कर निपटा दिया गया था। मगर चलो ये भी ठीक है , भला मेरा सवाल ही हा, ना , वाली थी। इसमें भला अजनबी भी क्या करे। बशर्ते ये सब तो मैं खुद। से ही कहे जा रही थी क्योंकि खुद को भी तसल्लीयां देना होता है ना यार।

मुझे लगता है की जितने भी यह कॉम्पिटेटिव एग्जाम्स एंटरेंस एग्जाम्स देते हैं। उनकी आदत सी हो गई हैं। हर सवाल को एक जवाब में समाप्त कर देने की, अब भला इनमें इनकी भी क्या गलती है। और ठीक भी था ना मैं नाराज नहीं थी क्योंकि मेरे जो सवाल थे। बारहाल वो एक शब्द के ही तो थे। अब बात बराबर थी कि जवाब एक शब्द में मिले या फिर पूरी कहानियां सुनाई जाएं।

खैर छोड़ो इन बातों को जाने देते हैं। मैं सोच रही थी, अब क्या बात करू अब तो कोई बात भी नहीं है। दोस्ती करू तो कैसे करूं सीधे बोल दूं क्या ?

और फिर क्या था मैंने फिर से तफ्तीश करनी शुरू कर दी सीआईडी की तरह और तब जाकर मुझे पता चला इस अजनबी को हिंदी बखूबी आती है।

बड़ी मुद्दतों बाद कोई चेहरा नजर आया है,
अंजान सी गली में अजनबी थे हम।

मगर पहली नजर में ही,
उनका तस्वीर जेहन में उतर आया है।
फिर सोचा कुछ वक्त बीत जाए,
फिर तो यह तस्वीर धुंध में खो जाने हैं।
हम पहले भी अजनबी थे,
अजनबी बनकर ही गली से गुजर जाने हैं।
अगर तुमको मना सिर्फ इस बात का है,
कि जब दिल ने किसी को चाहा है,
तुम छुपा ना किस लिए है।
जरा सा हिम्मत कर और एतबार करो आ,
बिन सोचे परिणाम का इजहार कर।

और क्योंकि मैं ख्यालों की दुनिया में हूं तो सवाल भी मेरी और जवाब भी मेरी तो आगे की पंक्तियां पढ़िएगा । और यहां मैं तैयारी कर रही हूं कि दोस्ती करूं तो कैसे करूं क्या कहूं क्या बोलूं कुछ भी नहीं पता तो बस उसकी तैयारी में कुछ नहीं कर रही थी।

कुछ समय पहले की बात है,
जब पहली दफा देखी थी तस्वीर आपकी।
चेहरे की मासूमियत देख दिल पिघल सा गया,
नैनो की झलक परी तस्वीर पे और दिल मचल सा गया।
अब सिलसिला कुछ ऐसा हुआ,
दिन के एक पहर मिल जाए मुझे।
मैं हर रोज इस गली को आने लगी,
एक झलक देख तस्वीर को हर रोज यूंही पहरे लगाने लगी।

हालांकि यह तो मेरे कुछ उलझे अल्फाज थे। जिसे मैं पन्नों पर उतार रही थी । मगर हां यह सिर्फ एक दोस्ती के आगाज थी। आपको मोहब्बत की झलक दिख रही है ना । मगर यकीन करें मोहब्बत इतनी जल्दी नहीं होती मोहब्बत को होने में वक्त लगता है । बस एक दूसरे को समझने में वक्त लगता है , एक नजर में जो देखकर मोहब्बत कहते हो वो सिर्फ

आकर्षण ही तो है । ऊपरी ढांचा देख कर के किसी को कैसे किसी से प्यार हो सकता है मुझे तो नहीं हो सकता । ईश्वर ने मनुष्य को इतना गहरा बनाया है , कि आप उसे कितना भी समझने की कोशिश करें आप ढूंढते चले जाएंगे वक्त बीते चला जाएगा । मगर एक इंसान बहुत मुश्किल से समझ आएगा अब ऐसे में किसी से यूंही प्यार करना वो भी एक तरफा भाई मुझसे तो नहीं हो पाएगा।

कोई कैसे कह सकता है , की एक तरफा मोहब्बत तकलीफ नहीं देते करना चाहिए। मुझे लगता है एक तरफा मोहब्बत तकलीफ नहीं बेगैरत अजियत देती है। जहां आपके ख्यालों में सिर्फ वो एक शख्स है । और भाई उस शख्स के खयालों में न जाने कितनी हम उनके ख्यालों में आते भी हैं, या नहीं भाई हमें क्या पता हैं ना। अब सोचिए आप ही ऐसे में एक तरफा मोहब्बत करना चाहेंगे या फिर ऐसी मोहब्बत करेंगे जहां सामने वाले को पता है कि आप उनसे मोहब्बत करते हैं वो भी आपको पसंद करते हैं । जाहिर सी बात है आप ऐसे मोहब्बत में रहना पसंद करेंगे जहां सामने वाले को आपके मोहब्बत की कदर हो और वो आपकी फिक्र भी करें ।

और पता है मुझे लगता है ये जो एक तरफा मोहब्बत के दावेदार बैठे हैं ना वह मोहब्बत के खरीदार बैठे हैं। ना तो इस कलयुग में मीरा कोई है। और ना तो मीरा की तरह कोई प्रेम में खुद का प्राण त्यागता है। यह द्वापर युग का प्रेम नहीं है। यह कलयुग का प्रेम है। यहां लोग एक छण आपसे मोह करेंगे । और दूसरी छण किसी और से प्रेम करेंगे अब बताएं आप आपको लगता है, यह प्रेम है प्रिय इतना अशुद्ध नहीं ।

मगर यह सत्य है अगर कोई प्रेम में होता है तो उसकी जलन भाव आपको स्पष्ट दिखता है आपके लिए उनका स्नेह दिखता है ।

आपके लिए उनकी व्याकुलता दिखती है । क्योंकि यह कलयुग का प्रेम है। मगर है तो प्रेम ही ना ।

और मैं इस आकर्षण भाव को प्रेम का रोग नहीं कह सकती। मुझे लिखना पसंद है, इसलिए ख्यालों की दुनिया में रहना मेरे लिए आम चीज है। अर्थात इसका भाव यह बिल्कुल भी नहीं है , कि मैं हकीकत से वाकिफ नहीं हूं या फिर इस कलयुग के दुनिया से वाकिफ नहीं हूं ।

क्योंकि मेरे मस्तिष्क में यह काफी साफ था कि मैं प्यार में नहीं हूं और मुझे अभी प्यार करना भी नहीं है । क्योंकि प्यार होने के लिए किसी को बेहतर जानना और किसी को अपने वक्त में शामिल करना उसकी आदतों में खुद को शामिल करना प्यार की शुरुआत कुछ यूं होती है। और अभी वक्त खुद को किसी के यहां आदतों में शामिल होने के इजाजत नहीं देती।

मगर ये शिकायत कब तक चले खुद से खुद को कब तक लरने दे। इतने दिनों का फासला बढ़ा तो लिया था । मगर फिर भी दिल की उथल- पुथल खत्म ही नहीं हो रही थी । सोचा था फासला ज्यादा बढ़ जाएगा तो शायद वह यादें तस्वीर आंखों से ओझल हो जाएंगे । यह खयाल जो अक्सर दिमाग में आ जाते हैं । हर शाम मेरा वक्त जाया कर जाते हैं । यह भी होना कम हो जाएगा, या फिर खत्म हो जाएगा, यह खयाल मेरे दिमाग से भी निकल जाएगा ।

मगर पता है आपको कभी-कभी जो बातें दिल और दिमाग में चलती हैं और अगर वह आपका वक्त काफी ले जाता है तो बेहतर यह होता है कि ख्याल जिसके लिए है । आप उनसे एक बार साझा कर ले क्योंकि वह ख्याल का हिस्सेदार वो तो है। आपके खयालों में आने वाला शख़्स वो भी जिम्मेदार है।

फिर क्या था , मैंने तो फैसला कर लिया था। कि अब तो बात कर ली जाए आखिर दोस्ती में क्या हर्ज है । अब दोस्ती का हाथ लड़का बढ़ाए या लड़कियां सब बराबर है। कम से कम ये रोज़ रोज़ के ख्याल तो नहीं सताएंगे। क्युकी ये थोड़ा मुस्किल था , किसी अजनबी से यूंही नंबर मांग लेना थोड़ा सा डर था, थोड़ी हिचकिचाहट तो थी । मगर ये ऑनलाइन के जमाने का प्यार और दोस्ती सब एक जैसे ही है । मुझे दोस्ती पक्की करनी थी । अब कब तक अकाउंट रहे ना रहे वैसे भी मैंने कितनी दफा अकाउंट बदली है । और जो वॉट्सएप पे लोग जुड़े होते है , उनसे बात भले ही ना हो । उनके होने का एहसास तो होता ही है।

यहीं सब सोचने के बाद मैंने बेशर्मों की तरह इस दफा नंबर की डिमांड कर ही दी। अब मिला तो ठीक मिला तो वो सुना है , आपने " हम कौन आप कौन ? "

आपको पता है । मुझे नंबर तुरंत मिल भी गया बिना कोई सवाल बिना कोई नोकझोंक के, मगर समस्या यह थी कि, मैं सोच रही थी , आखिर कोई अपना नंबर बिना कुछ पूछे बिना कुछ जाने किसी को यूंही कैसे दे सकता है । और यह सवाल मेरे मन में बरे गहराइयों से उतर आया मैं सोचने लगी कि कहीं गलत नंबर तो नहीं दे दिया गया मुझे , मैंने पूछ ही लिया उस अजनबी से कि, आपका यह नंबर सही है ना । यह कोई प्रोफेशनल नंबर है क्या नहीं बस यूं ही पूछ रही थी , मतलब आपने बिना कोई सवाल किए बस यूं ही दे दिया वो भी तुरंत थोड़ी सी हिचकिचाहट हुई ।

मगर उस अजनबी का पर्सनल नंबर था । फिर मैंने नंबर सेब कर लिया हां मैंने सीधे नहीं कहा कि मुझे नंबर चाहिए आपका मैंने बात को जरा सा धरना दिया था मैंने कहा था आप हमें व्हाट्सएप पर ऐड करेंगे क्या है कि , मैं इंस्टाग्राम हमेशा इस्तेमाल नहीं करती । वो डिलीट भी हो सकता है

हां यह सच भी है कि, मैंने न जाने कितनी बार अपनी इंस्टाग्राम कि नई प्रोफाइल बनाईं। अब क्या है कि मुझे टेक्नोलॉजी का कुछ नहीं पता नहीं कुछ कर पाती हुं। कभी कुछ ऐसा करती भी हूं । और कुछ ऐसा क्लिक हो गया तो लो सारे चीज गए पानी में, कम से कम नंबर तो रहे ताकि दोस्तों से जुड़ तो पाए फिर से ।

मगर क्या फायदा नंबर लेने का मतलब बात तो ऐसे भी नहीं पता कि क्या करूंगी ।

मगर इसमें मुझे कोई तकलीफ नहीं थी। क्योंकि मैं भी अजनबी थी। उस अजनबी के सामने और कोई अजनबी से क्या ही बात करें । तब तक तो सब ठीक ही था । मगर एक दिन अचानक से एक सवाल आया अजनबी की तरफ से और सवाल क्या था? आप हमारे दोस्तों से मिलेंगे क्या? मैं अंदर से दिलचस्प नहीं थी। क्योंकि मुझे पता था । ग्रुप में जो सामान्य रूप से बातें होती हैं, वही होंगे बस टाइम पास ।

अनेक सवाल थे, मन में न जाने ग्रुप में कैसे लोग होंगे। एक दूसरे की निंदा करते होंगे। प्राकृतिक रूप से यह संभव था। दोस्तों के समूह में या तो निंदा पर ही बातें होती है । या फिर कोई मजबूत विषय होता है। जिस

पर लोग अपने विचार देते हैं । क्योंकि ये दूसरी वाली ग्रुप तो नहीं थी।

संभवत पहली ग्रुप थी । मगर फिर भी मैंने ये सोच कर हामी भर दी कि सभी पढ़े लिखे लोग हैं। कुछ ना कुछ सीखने को मिल जाएगा। कुछ सीनियर अपनी चीज शेयर करते हो, कुछ हमारे विषय के लिए महत्वपूर्ण हो चो पता चलते रहे। कुछ ज्ञान मिलते रहे , और मैं सदैव ज्ञान अर्जित कर सकती हूं । तो मुझे कोई बुराई ही नहीं दिखता, उस समूह में सम्मिलित ना होने का। मगर फिर भी मैं सम्मिलित होने से पहले खुद को और अपने मस्तिष्क को यह समझा लेती हूं कि, आखिर है तो ग्रुप ही मस्तियां मजाक होती हैं। इसे दिल पर मत लेने देना। और ऐसे शुरुआत हुई । मेरी एक अजनबी से एक और अनोखी कहानी की। और इसी प्रकार मैं आती हूं। एक नए परिवार में जहां मैं जुड़ती हूं (स्टार परिवार) से जहां के लोग अच्छे हैं। जिनसे आप बहुत कुछ सीख सकते हैं। और मुझे एक मौका मिला उस अजनबी अर्थात (अबु) उर्फ अभिमन्यु को करीब से जानने का और साथ ही साथ इतने सारे और किरदार मिले जिन के माध्यम से मैं उनके व्यक्तित्व को समझ सकती हूं। साथ ही साथ सभी मुझसे तो काफी बड़े थे । तो मुझे दुनिया के अनुभूति होते रहेंगी। उनके अनुभवों को जानने का ये अच्छा मौका है।

इतना अंदेशा तो था मुझे, कि मेरे आने से उपरांत इस समूह में मेरे बारे में काफी कुछ जिक्र हो चुका है । पहले ही न जाने पहले से कैसा प्रतिबिंब बना है । ना जाने मैं अपना प्रतिबिंब कैसा स्थापित करूंगी क्योंकि मेरी खुद के किरदार इतने मुख्तलिफ हैं की मत पूछें।

इतना अंदेशा तो था मुझे, कि मेरे आने के उपरांत इस समूह में मेरे बारे में काफी कुछ जिक्र हो चुका है । पहले ही न जाने पहले से कैसा प्रतिबिंब बना है । ना जाने मैं अपना प्रतिबिंब कैसा स्थापित करूंगी क्योंकि मेरी खुद के किरदार इतने मुख्तलिफ हैं की मत पूछें। समझना काफी मुश्किल था । इनको घर परिवार की तरह समझु या फिर एक दोस्त के दायरे में रखूं। लेकिन मैंने यह निर्णय लिया कि, मैं इनको एक परिवार के ही दायरे में रखूंगी। क्योंकि इस समूह का नाम स्टार परिवार था शायद एक परिवार की तरह इसलिए मैंने निर्णय लिया कि मैं भी इन्हें परिवार के दायरे में ही रखूंगी और मेरी वार्तालाप सभी से शुरू हुई एक

अपनापन के साथ सभी प्यारे थे । सबने स्वागत भी अच्छी की मगर क्योंकि मैंने इनको एक परिवार के दायरे में रखने का सोचा , तो मैंने खुद को ज्यादा खोलना पसंद किया । और मैं वैसे ही रहने लगी , जैसे मैं घर पे रहती हूं । बेफिक्र, बिंदास, बस जो दिल में आए बोल दिया। थोड़ी हिचकिचाहट होती हैं, क्योंकि है तो नहीं आपने अभी बस अपना सा लगता है। अनुमान के आधार पर हकीकत में वार्तालाप करना कहीं ना कहीं मुझे मात दे सकती हैं। मगर चलो इतना क्या सोचना जो दिल में आए वह करते हैं ना। आज को आज की तरह जीते हैं ना । मगर शायद इतनी भी आसान नहीं थी जितना हमने सोचा था । बहुत अलग हूं मैं उनसे उनके बीच स्थिर हो जाऊं ये ज़रा मुश्किल है।

पहला दिन कुछ अच्छा गुजरा सभी से बातें हुई। सभी को जाना थोड़ा पहचाना और सभी अच्छे लगे। करीब सात लोगों का समूह होगा। एक अभिषेक जिनको हम बड़े भैया से संबोधित करेंगे एक अभिमन्यु जो शख्स मेरे लिए अजनबी है और अभी भी शायद अजनबी ही है। एक अभिषेक जग्गी । पराग और सेज़ल दी, तृप्ति और हर्षू दी वैशाली और मुस्कान दी। और तमाम लोग थे नगर परिचित सिर्फ इतनो से हुई।

मगर शायद किस्मत इतनी भी अच्छी नहीं पहले दिन ही ऐसा लगा , जैसे किसी ने निशब्द होकर भी मुझे मार दिया हो। एक शख्स थे जिनको मेरा होना शायद पसंद नहीं आया या फिर मेरे अधिक बात करने से वो रुष्ट हो गए।

यह अभिषेक भैया है जिन्हें ज्यादा बातें करना पसंद नहीं। और शायद मेरे मैसेज की गति कुछ ज्यादा ही तेज थी , हां क्योंकि मैं उत्सुक थी। जहां मैं गई हूं , वहां के लोगों को जानने की उत्सुकता थी । अन्यथा इतने मैसेज हमें भी कहा पसंद मैं बातूनी हूं , मगर अपनों के साथ गैरों को देखते भी कहां है। उनके कुछ प्रश्न थे हमसे और उसके उपरांत उन्होंने उस ग्रुप से खुद को अलग कर लिया , ये निशब्द उपहास की तरह था। जिसने मुझे पहली मुलाकात पर ही थोड़ा पीड़ित किया। और मैंने वहां से अलविदा कहने का फैसला दिया और उस ग्रुप को छोड़कर चली आई। अगर यह मुमकिन नहीं था एक दिन में सबको इतने करीब से जानना । ये उखड़ा भाव मुझे थोड़ी तकलीफ़ दी थी सायाद। मगर बात ख़तम हुई

और फ़िर सभी वापस सम्मलित हो गए।

दिन बीतने लगे बातें होने लगी । मगर मैं अभी तक फिट नहीं आई। मसला ये था, कि जिसे जानना था करीब से उसके करीब आकर भी उसे ही ना जान पाए लेकिन उसके करीबी को बेहतर जाने लगी हुं ये बड़ी अजीब बात है मगर सच है। बुराई उनके करीबियों को जानने में तो नहीं था। मगर मलाल जरूर दिल में कही थी कि, जिस शख़्स को बेहतर जानना है । उस शख़्स का नाम के सिवा कुछ नहीं पता। मगर दिल में कहीं ना कहीं मैंने ये जरूर सोच लिया था , कि मुझे अब कोई मैसेज नहीं करना है। सामने ना सही मगर आपसी बातें जब भी होती होंगी आपस में उन लोगों के तो मेरे चर्चे निश्चित रूप से होते हैं इसका मुझे अंदेशा है। बातें बुरी होती हैं या फिर बातें अच्छी होती हैं ये तो मेरे खुदा जाने मगर बातें होते हैं । इसका मुझे अंदेशा है।

एक शाम सुहानी थी, वो पल मस्तानी थी।
जिस वक्त वह शख़्स मेरे सामने आया था।
इस कायनात की हया मेरी शक्ल पर उतर आया था।

हया ही मेरी सिंगार है हया से मैं सजती हूं।
अगर निगाहें झुक जाए तेरे सामने तो ये हया है।
इश्क का ऐतबार नहीं इश्क का बुखार नहीं।
जश्न ए हयात नसीब है मुझे इश्क से दूर रहकर।

ये वह दिन था जब पहली बार वीडियो कॉल हुआ था। मैं सोचती मगर फिर सोचा क्या फायदा इतना सोचने समझने का वक्त नहीं है किसी के लिए बैठ के सजने सवरने का चलो जैसे हैं वैसे ही कॉल उठाते हैं बिना सजे सवरे सिर्फ मुस्कुराहट से बात आगे बढ़ाते हैं। मुस्कुराना मेरी अदा है । गुस्से में भी मुस्कुराते हैं। नफरत में भी मुस्कुराते हैं। इश्क में भी मुस्कुराते हैं ।हया में भी मुस्कुराते हैं। नहीं तो फिर खामोश रह जाते हैं। मगर ये वक्त बड़ा अजीब था। शिकायत सिर्फ इतनी थी कि एक दूसरे को अभी जानते ही नहीं जानना काफी कुछ है ,मगर अभी पहचानते ही

नहीं। मैं समझती हूं लोगों को कुछ लोग ऐसे ही मिलते हैं । फिर कुछ लोग खास बनते हैं। मुझे इश्क नहीं थी । मैंने दोस्ती का कहा था। कितना दिल दुखता है , ना जब कोई बेबाक इंतजार करवाए। हां मेरा भी दुःखा है। मैंने भी इंतजार किया है। कुछ सवाल थे , जिसका जवाब लेना था। मगर वो शक्स मशरूफ है। मेरे सवाल कम थे शायद उसने कुछ और सवाल दे दिया बिना जवाब मिले अब मुझे चैन नहीं आ रहा । वह कहता है वो मोहब्बत में टूटा पड़ा है , किसीको उसकी मोहब्बत की कदर नहीं है भला हो क्या करें । कहां है उसने शायद कोई कमी है, मुझमें मुझे वो चाहती नहीं उस चाहत से जिस चाहत से मैं चाहता हूं। ये सुनकर मुझे परेशानी तो हुई थोड़ी कि आखिर कोई इस शख्स को क्यों मना करें, ना कोई कमी है , ना कोई दोष है। फिर कोई क्यों इंकार करें , मगर मुझे हैरानी नहीं हुई ये जानकर। मुझे पता है लड़कियों का दिल अगर किसी गरीब पर आ जाए तो , वो शख्स उस लड़की के लिए उसके सपनों का राजकुमार ही होता है। और वही अगर लड़की को कोई राजकुमार पसंद ना आए तो वह उस...

यह सवाल मेरे जेहन में ऐसा घर कर गया जैसे पूरी कहानी ना सुन लो ना जान लु हकीकत क्या है वह न जान लु तब तक सुकून नहीं आएगा। मैंने न जाने कितनी बार उस शख्स से खुद के लिए कुछ पल का वक्त मांगा होगा मगर शायद वो मसरूफ है अपनी दुनिया में। मुझे शिकायत इससे भी नहीं मगर जो सवाल जेहन में है उसे सो जाना जरूरी है यह मेरा वक्त ले रहा है मुझे परेशान कर रहा है । इतनी सारी उलझने थी पहले ही । अब एक दिन किसने यूंही ग्रुप में पूछ लिया। सेन्या क्या तुम अबु को पसंद करती हो। मैंने कहा जी है पसंद करती हूं । मुझे पता है सबने पसंद को प्यार वाली अहसास होने का दावा कर लिया होगा ।

अगर चलो कोई ना मैंने भी इस सिलसिले को ऐसे ही चलने दिया। आखिर कोई तो टॉपिक होना चाहिए था। जिस पर बात हो सके विवाद हो सके जिसकी खींचातानी की जा सके और जिस के मजे ले सके या, फिर जिसकी वजह से लोग एक दूसरे से जुड़े रहे , शायद थोड़ी देर के लिए वो वजह मै बन गई। हालांकि मजाक मजह मुझे तकलीफ़ के सिवा कुछ नहीं देती । यहीं कारण है कि ना तो मै सर्वप्रथम किसिकी निंदा

करती हूं और ना करने देती हूं । मेरे पीछे लोग चाहे जो करे स्वतंत्र नागरिक हैं। मुझे मैंने कभी किसी को जज नहीं किया । मुझे पता है की ये इनके वार्तालाप के तरीके हैं। इसमें अनुचित कुछ भी नहीं है, बस यह मेरे तरीकों से थोड़ा विपरीत है । चुकीं एक समूह में रहने हेतु ऐसे क्रियाकलापों को नजरअंदाज करके चलना होगा।

जैसे-जैसे मैं उस अजनबी से मुख्तलिफ होने लगी मुझे समझ आने लगा कि मुझसे वाकई बहुत मुख्तलिफ है। मेरी राहें काफी अलग है। अजीब सी कशमकश होती है ये रिश्ते मेरी नादानी पे मुझे नासमझ समझते हैं। मगर मैं क्या करूं मैं भी मजबूर मेरे पास भी दो रास्ते पहला ये कि दिल से दोस्ती निभाओ । जिसमें मेरी नादानियां मेरे बचकानी हरकतें भी शामिल है। और दूसरा ये कि एक होशियार लड़की की तरह दोस्ती को निभाऊं जैसे हम और रिश्ते को निभाते हैं जिसे हम नाम की दोस्ती कहते हैं। नाम की दोस्ती सिर्फ काम के लिए। क्योंकि मेरे पास ऐसा कोई मकसद नहीं या फिर ऐसी कोई खास काम नहीं जिसे मेरे अलावा कोई और पूरा करें तो मैं यहां किसी से काम का रिश्ता नहीं रख सकती उचित होगा कि मै ख़ुदको इस ग्रुप से अलग कर लू। मगर लोग बुरे नहीं थे। उनसे दूर रहने का कोई मतलब भी नहीं था । फिर मैंने दरिया से सीखा बाधाएं तो राहों में हैं बहुत मगर फिर भी अपने गति में विलीन होकर बहती रहती है। बस यही सोचकर वहां रुकने का मन बना लिया। मैं विचित्र हूं यह तो मुझे पता है। मुझे कोई भी अपशब्द शब्द पसंद नहीं है और मैं चाहती भी नहीं कि मेरे आसपास के लोग ऐसे शब्दों का इस्तेमाल करें चाहे उसकी भाषा अंग्रेजी हो या फिर हिंदी या फिर कोई भी। हंसी मजाक में प्रयोग किए जाने वाले अपशब्द शब्दों को मैं नजरअंदाज करने लगी।

हमारे पास हर रास्ते पर दो विकल्प होते हैं । पहला वो जो हम चाहते हैं , जिस तरह चाहते हैं और दूसरा वह जो हमारे संबंधी और रिश्तेदार जिस अनुसार चाहते हैं। या एक विकल्प यह भी आता है कि आपके संबंधियों और रिश्तेदारों से मेल खाते हों।

यकीन मानिए यह जो तीसरा विकल्प है वह बरा विचित्र विकल्प है इस विकल्प से आपके करीबी भी खुश और आप भी संतुष्ट। मगर उसका

क्या जिसका विचार उनके संबंधियों से मेल ना खाते हैं। व्यक्तिगत तौर पर अगर इस विषय पर मेरी राय ली जाए तो मैं कहूंगी एक व्यक्ति का जो व्यक्तित्व होता है वही उसके पहचान होती है , तो इसे बदलने की आवश्यकता तब तक नहीं है। जब तक उन्हें स्वयं को नहीं लगता । किंतु कहते हैं ना "परिवर्तन ही संसार का नियम है" । मगर इसका अर्थ यह बिल्कुल नहीं है , कि हम अपने आसपास के लोगों को गलत समझे उनके विचारधाराओं को गलत समझे हमारी बुद्धिमता बस इसी में है। कि हम उनके संग रह कर जो चीजें हमें अस्वीकृत लगती हैं उन्हें स्वीकार ना करें मगर उनके संग रह कर।

और वहां तो मुझे काफ़ी अच्छे लोग मिले हैं। हां हो सकता है कि मेरी क़िस्मत अच्छी हो जो मुझे इतने प्यारे प्यारे लोग मिले जिनसे मेरी पहली मुलाकात पे ही अच्छी खासी बात बनने लगीं। अबु को तो मैंने पहले ही थोड़ा जान लिया था ,मगर यहां मुझे और भी कितने प्यारे लोग मिल गए जिसकी शायद मैंने कल्पना भी नहीं की होगी। अभिषेक भईया पहली मुलाकात थोड़ी सख्त ज़रूर थी मगर हकीकत में वो एक नरम दिल इंसान है । आपने करीबी लोगों का बहुत ख्याल करते हैं। यकीनन वो दिल के बहुत अच्छे इंसान हैं। और उनकी गर्लफ्रेंड उनका व्यक्तित्व भी काफ़ी शांत भाव का हैं। मैं तो ईश्वर से दुआ करूंगी की दोनों की जोड़ी सलामत रहें हमेशा, मैंने बहुत लोग देखे हैं अच्छे भी बुरे भी इसलिए हैरत नहीं हुई मुझे अच्छे लोगों से मिलकर मगर पहली बार मैंने किसी अजनबियों को आपने परिवर के बाद अहमियत दे रही थी।

शेजल राय ये भी अलग किस्म की खातून हैं। मुझे तो काफ़ी फिक्रमंद लड़की जान परती हैं। आपनो का खयाल रखती हैं। जाने अनजाने मैंने उनसे काफ़ी कुछ सीखा भी हैं। मैं इस ग्रुप में आई तो हूं, मगर किसके प्यार में दीवानी नहीं हूं, एक शख्स को थोड़ा क़रीब से जानना था। भला किसके सकल से कोई कैसे किसीको चाह सकता हैं। मोहोबत का आगाज़ तो तब होता है जब किसी का व्यक्तित्व हमें पसंद आने लगे किसी की आदत होने लगे किसी के ना होने से उसके ना होने का एहसास आए। मैं तो मजीज फ़िक्रमंद हूं, ये मेरी भी आदत हैं। अबु किसी मशले से परेशान हैं शायद किसी केलिए परेशान हैं और मैं अब मैं भी इस परेशानी की

हिशेदार बन चुकी हूं । मैं बस इसलिए पूरी बात जानना चाहती हूं आखिर मसला हैं क्या और मैं कोई मदद कर पाई तो ठीक नहीं तो मान लिया जायेगा की कुछ मसले का हल नहीं होता। मगर अधूरी चीज़ बताने के बाद ये शक्श पता नही क्यों पूरी बात ही नही बताता मैं माजिज परेशान हो रही हूं शायद किसी और के मसले का सोच कर । मगर मेरी परेशानी का इनलोगो ने तो अलग ही नाम दे दिया हैं। उफ्फ मैं आख़िर कैसे समझाऊं मैं एक तरफे प्यार से परेशान नहीं हूं। मुझे एक तरफा प्यार हो भी तो नहीं सकता ।

आज सेजल दी ने कॉल किया था । उन्हें लगता है कि मैं एक तरफे प्यार की उम्मीद से परेशान हूं। वैसे सेजल और अबु की फ़िक्र देख कर अच्छा तो लगा । मगर मैंने ये क्या कर दिया अपनी परेशानी सुलझाने के चक्कर में सेजल दी को नाराज़ कर दिया । मुझे तो बस पूरी बात या सच जननी थी मगर अबु से काफ़ी नाराज़ हो गई दी। उफ्फ यार मैं आख़िर इतनी पागल कैसे हो सकती हूं। कितनी अजीब बात हैं ना ये लोग मुझे बेफिक्र करने आए थे। और मैंने इन दोनों की आपसी झगड़े उलझा दिए और मैं मना भी नही पाई सेजल दी को ,मगर गलती मेरी भी नही थी । ये एक छोटी सी चीज़ थी अबु को खुद ही बता देनी चाहिए थी कॉल किया भी तो कॉन्फ्रेंस कॉल और जो बाते हुई उनमें मुझे पता चलता हैं की ये साड़ी एक झूठ हैं बनावटी कहानी हैं। मैं मजीज़ इनपे परेशान ना हो जाओ। और यहीं सोच कर मैंने सेजल दी से बता दी। मैं जानती हु बेवकूफ हूं मगर यकीनन ये मेरी गलती नहीं थी। मगर मैं किसी से मजीद बहस नहीं कर सकती ना किसीको माना सकती । मुझे लगता हैं मैं जितना कोशिश कर सकती थी मैंने वो सब किया। और अब मैं यहां से छोड़ कर जा रही।

आज काफ़ी दिनों बाद मैं वापस आई। शायद हर्षिता दी का जन्मदिन भी हैं। ये पहला जन्मदिन हैं शायद किसका मेरे आने के बाद इसलिए मैंने थोड़ा मज़ेदार बनाने की कोशिश की हैं, चुकीं मेरी हालत काफ़ी गंभीर हैं फिलहाल मगर फिर भी मैंने पहले ही वादा कर लिया था अब मुकर नही सकती । अच्छे गए दिन आज के सभी काफ़ी मस्ती की और शायद मेरी नादानियों पे काफ़ी मुस्कुराएं चलो अच्छा हैं। खुशी हुई देख कर ये लोग

शायद खुश किस्मत हैं। जिनसे मैंने आपने बचपने से मिलवाया क्योंकि मैंने दोस्ती पे अब तक वक्त ही नही दिया कभी और मेरे पास कुछ माह ही हैं। जिनमें मैं इनलोग को और जान सकती हूं पहचान सकती हूं। आज अभिषेक जग्गी का जन्मदिन भी आ गया । मगर सभी काफ़ी मसरूफ हैं अपने परीक्षा में और कुछ आपने जॉब में मसरूफ हैं। मसरूफ तो मैं भी काफ़ी हूं। उफ्फ यारा मगर आज के दिन उसे अच्छा नहीं लगेगा अगर किसीने जाने अनजाने पक्षपात कर दी तो और मुझे एक चित्र बनाने में कितना ही वक्त लगेगा । अधिकतम १५ मिनट किसी भी वक्त बना लूंगी।

वैसे भी मुझे पता हैं। मैं कुछ दिन की मेहमान हूं।मेरी वजह से लोग मुस्कुरा ले या फिर खुश हो जाए । इसमें मेरा कोई नुकसान नहीं हैं। मेरी कोशिश थी बस एक शख्स की सक्सियत मालूम करना। मगर यहां कुछ और हो चला कहते है ना, जो फिर होता है अच्छे के लिए ही होता है। मैंने इस ग्रुप से क्या चुरा लिया कोई नहीं जानता । जितना वक्त मैंने इस ग्रुप को दिया हैं। उससे अधिकतम वक्त मैंने आपने भविष्य का बचा लिया हैं। काफ़ी खुशकिस्मत हूं मैं जो ईश्वर ने इतने अच्छे लोगों से मुखातिब किया मुझे मगर मुझे लगता हैं अब काफ़ी फासला रखने का वक्त आ गया। मेरे बारे में जितना जानना था शायद वो लोग भी जान चुके हैं मजिज कुछ नहीं रखा जानने में और बची खुची भविष्य में बिना बताए जान जाएंगे मेरी कोशिश यहीं होगी।

www.ingramcontent.com/pod-product-compliance
Lightning Source LLC
Chambersburg PA
CBHW031255130726
47988CB00008B/3367